U0044849

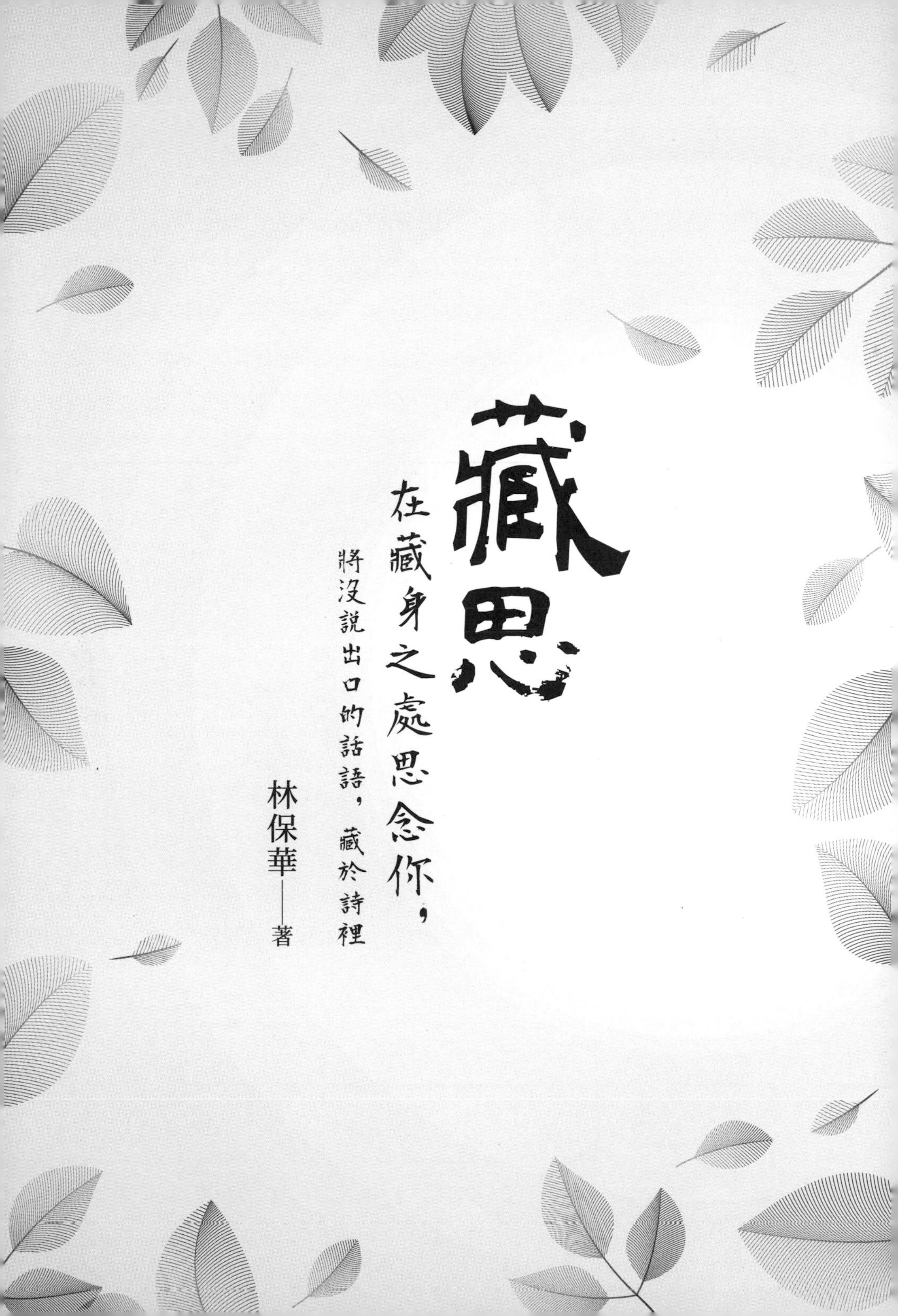

藏思

在藏身之處思念你，

將沒說出口的話語，藏於詩裡

林保華——著

推薦序1

每一個人表達的方式不同，像Jack就是把生活中發生的事物用靈感化成文字呈現出來，我也很喜歡紀錄自己的生活不過我是用音樂的方式，當過了好幾年之後不論是文字、味道、聲音、濕度溫度，顏色的排列都會讓人想起那時候發生的點點滴滴，堅持創作不容易值得細細地品嚐！

唐米音樂創辦人

唐宏為

推薦序2

自小認識Jack，他就是一位心思特別細膩的人，總是在內心譜著世界的詩。

儘管成長的路程不是順風順水，但他總是能用一如既往的方式重新找回心中的善，再次成爲小時候我所看見的那一位吟語著風般擁抱著天空的自由詩人；這事情可不是每個人都可以輕鬆達成的。讀完此本《藏思》後，相信能有許多的波瀾在心中翻起一層又一層平靜已久的漣漪，這就是我讀過這本書所透發出的魅力與能量。

倘若我們與愛沒有距離
那明天太陽高舉愛時
是否代表我們正在巴黎
是否代表塞納河畔折射的七彩映在兩人的情侶衣上

倘若我們與愛有著一些距離
那明天秋風瑟瑟時
是否代表我們正在日本
是否代表北海道的紅楓葉飄灑在兩人忽遠忽近的身影邊

倘若我們與愛距離就像是隔了一層緣分

那明天陰雨綿綿時

是否代表我正一個人在乞拉朋吉

是否代表如千絲萬縷般的雨水像是阻隔我們曾經相愛過的影子一般

隻身前往世界雨極

只爲了找到下一段的「眞愛」

此次讀完Jack的《藏思》後，也寫了一首詩作爲前導，想分享給各位讀者與Jack。

這就是這一本書帶給我最眞切的感受，一份愛的喜悅、悲傷各種情緒，都是人生中最黃金的體驗，或許讀完這本書的你，也能在心中找到埋藏心底，那多年疑惑的解答。

金美營造股份有限公司副總經理 /
億富葵IfCrazy創辦人 / 高中高職教師
郭家祥

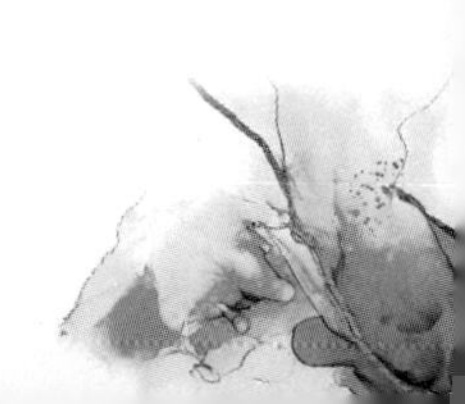

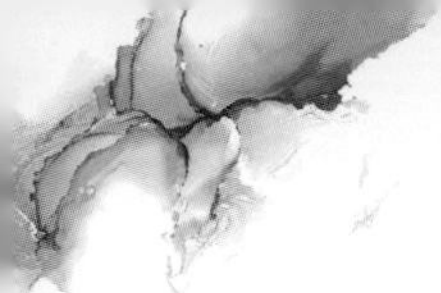

推薦序3

寫作的本質就是表達，但很多人卻害怕寫作。

總擔心：「我說的不好、我不是作家、我不夠專業」

但同時羨慕著：「哇！你會寫作好厲害呀！你說得好好啊！」

其實這透露著一件事：「我也好想要表達啊！」

在我的眼裡，Jack能活出自己，就在於他沒有這樣的糾結；取而代之的只有真切的行動！緊抓文字的本質，勇於接受自己對於表達的慾望，透過文字說出儘管是自己的喃喃細語、點滴思念、心裡糾結，也不畏懼的只管表達！身爲一名渴望被懂，卻又羞於赤裸的呈現，Jack成了勇敢發光卻又保有獨善其身氣質的詩人！

他說
這是一本詩集
隻字片語落於每一小節
散落於不同時空
時而鬆散、時而密集

我讀
卻是一渴望述說
又望之卻步的少年
透過一次次地琢磨修編

看似散落、實是連結

少年的情意

透過一行行似是無緣的標題

串起兩年間

情意與現實

欲前又卻步

交織的思念

劃下

最後的句點

平常的我鮮少讀詩，但我很感謝Jack邀請我寫推薦序，因此有幸嚐鮮，看見了不同形式的文字表達－透過看似零散的詩集，有種溫吞內省，卻讓我強烈地感受到一個少年的誠摯愛戀！

寫作100天執行者 / Youtuber: Dibby在家上班

/ 女性自願自主推廣者

Dibby Lai

推薦序4

常常在思考，一輩子當中，能留下什麼在這個世界上！金錢？權勢？別人的回憶中？

我想文字是一個很棒的選擇。文字就好像時間一樣，刻在每個人的內心世界中。

作者Jack，以時間、地點、文字，創作了上百篇詩集，如同日記般，記錄了成長、回憶、情感、改變，以及對寫作的熱愛，將它留在了這個世界裡。

W飲酒趣 / W.Bistro創辦人

溫俊成

推薦序5

張震嶽的〈思念是一種病〉這首歌，其實原唱是齊秦，這首歌寫到：「當你在穿山越嶺的另一邊，我在孤獨的路上沒有盡頭。」我想詩詞就像唱歌，總能闡述自己不願意以對談所表達的心境。

依稀記得以前在青澀的學生時代也曾寫過一些詩詞描述自己的心境，或者說，藉由詩詞掩飾不敢表達的內心。有的描述當下心情，有的描述同儕之間，更多的是描述愛情。

或許有些人剛開始閱讀此書，會以先入爲主的角度認爲這只是作者一人的隨想之著，但經由深入閱讀後，會發現作者所著之文其實大多與自身經歷有關。

也因此，如果讀者願意深入閱讀此書，或許能在其中找到一些與自己的經歷有關的部分，藉此產生一些共鳴，或許對將來面對不同的事物與感情上，會產生更不同的思維。

紘登科技有限公司總經理

盧宥朋

推薦序6

和Jack的認識是在他當調酒師的酒吧裡，相處一段時間後，我得知Jack是位作家出過兩本書，第一本書《邁向成功新生活》是一本個人成長的書籍，而第二本書《在藏身之處，活得燦爛如出》則是他的自傳。

看完我感受到平凡中的不平凡，前面的兩本著作對我產生巨大的共鳴。

之後我跟Jack就時常交流意見，大概半年前聽Jack說又重拾筆墨，想寫一本很特別的書，他輕描淡寫的說，我語帶祝福更多的是仰慕的回覆，如今他完成了，再次讓我感受到自律與規劃多麼淋漓盡致的發揮在他身上

在一個平常不過的酒局，我們一如往常的把酒言歡，Jack非常之突然的邀請了我寫一篇推薦文，當下收到這樣的邀請，感到很新鮮也很榮幸，寫書寫文章這個技能，對我來說是多麼的遙不可及，但我當下回想到Jack在他第一本著作《邁向成功新生活》封面上的一句話：「成功的道路或許漫長，有信念的人不會問路有多遠，只會說越來越近。」

我想當個有信念的人，在此感謝Jack的邀請，我也由衷推薦Jack的新書，這是一本詩集，特別讓我有感覺的是〈藏掘〉和〈你還會是讀者嗎〉這兩篇，從文字中我能感受到，這並非爲賦新詞強說愁，而是一個人眞切地對過往感情的思念和表達。

野樂蝦啤創辦人

周瑋晟

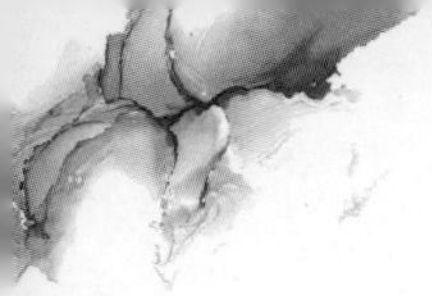

自序

首先，我想先談談這本書是怎麼來的，它是一本詩集，自從我國小時，就不經意的會寫一些類似的詩，但一直沒有持續的創作詩下去，然而在我多年寫作以來，都是以散文或是有邏輯及理性的文章去呈現，直到後來我碰上了幾位寫詩的朋友，我們彼此交流後，我開始持續的寫一些詩。

雖然我說我在寫詩，這也是一本詩集，然而在文學來看，嚴格來說，這些詩並不是眞正的詩，而是算散文詩，眞正的詩它需要更多的琢磨及文字上的運用，可能有人覺得這連詩都稱不上，不過就是分行的散文，也行啦，畢竟我不是文壇的專家，這本書應該也不會被放在文壇上公審。

這本書僅是我憑自己的感受，寫下來的文字，主要以情詩爲主，除了少許幾篇外。這些詩，它可能很白話，也有可能很抽象，有些內容不瞭解故事的背景就很難理解，但我認爲詩可能眞的不需要理解，只需要感受，像我在讀一些詩詞時，即便我不曉得作者的故事，但當我讀出一些字裡行間時，淚就自然落下。

就像你聽歌，你可能不需要知道他眞正要傳達的是什麼，也不需要知道背景，但就是有幾句歌詞，能夠觸動你的內心深處。

這本書大約一萬多字，總共收錄了一百首左右的詩。

其實，我在去年十一月時，就覺得這本書寫的差不多了，但沒有想要出版的意思，就只想留給自己看，但人生是無常的，想法和計畫也是，我就隨著自己的感覺認爲，這本書到頭來還是要出的，也許你可以說我是善變的，但人又有什麼不會改變的呢？

書的內容大部分是愛情，關於我自己，關於幾個人，也許你讀了有感受，那也關於你。

作者是不能孤立存在的，還需要有讀者才行，這本書因爲你，我不是獨立完成的，作爲一個用文字傳達情感的人，可能終其一生都在尋求知音，人說知音難尋，但知音又豈是用尋的，又有誰能告訴我知音究竟在哪裡？

我是一個很沉默的人，但與其說是沉默，更應該說是很悶騷的人，心裡頭有著千言萬語，但常常選擇一語不發，也許正因爲我是這樣的人，我才能一直寫。

也許有人覺得我寫的這些東西，像是爲賦新詞強說愁又或是無病呻吟，也許吧。但作爲寫下這些文字的人，我自己在讀的時候，彷彿回到了每個寫下這些文字的當下，感受那樣的時間和空間。

我最喜歡的歌是李宗盛的歌，不單是他唱的，他作曲的或是他寫的詞，只要是和他有關的歌我都聽，我能從他的作品中感受到他對於人事物的體悟，也能感受到他在歌詞文字上面運用不同的轉折，近年來的幾首〈給自己的歌〉、〈山丘〉、〈新寫的舊歌〉都拿到了金曲獎最佳作詞人獎，幾乎是一出手就打動人心。

不過除了這些很有名的歌之外，他幫楊宗緯寫的〈懷珠〉、〈底細〉、〈因爲單身的緣故〉還有他幫李劍青寫的〈出城〉、〈平凡故事〉等，這些歌詞的後勁都非常的強，猶如深水炸彈。

我談了很多李宗盛，除了眞的很喜歡，也是因爲他的歌陪伴了我無數的晝夜，很多時候我落筆的當下都是聽他的歌，他的音樂融

入了我的生活，自然也就融入了我的作品。直至二零二一年三月，我也開始學了吉他，因爲我也想寫歌，也期許自己未來寫下的文字有天也可以用聽的了。

在本書的後面有一部分是一些讀者的心得，是在本書出版以前，因爲我不曉得這樣的書會給人家帶來什麼樣的感受，於是先邀請了一些朋友及讀者來看過後再分享，而我選了其中的幾篇也放在本書裡，也許你們會有相似的感受，也許會有完全不同的感覺，讀書、讀詩也讀人，希望你也喜歡本書。

願你能讀出藏在詩裡的思念，我沒說出口的，全都藏在字裡行間。

當我醒來時

只有我獨自一人

那隻鳥已經飛走了

去歌唱 去翱翔

或許不再回來

而我能靜靜懷念曾經美好

已經很幸運了

謝謝你 祝福你

目錄

來來去去

在深夜裡 隔外的清醒 沉沉的酒我一個人喝

想有點醉意 明知越喝越清醒

想起那往事和回憶 像自己演的一齣戲

曾經我沒勇氣 遺留了一堆可惜

難受已再無止盡 再無止盡

無止盡的讓我難以呼吸

它又來了 又來了 那絞痛的回憶

它又走了 又走了 想忘的更徹底

曾經不安而失去 現在我來到這裡

以為忘記 卻又想起

不是不要這記憶 對於此我難以說明

感情事 總來來去去

只能沉默地沉默下去

2018.5.29
藏身之處

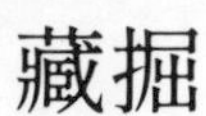

藏掘

聽你愛的歌 目光放在你照片

不經意思緒是你 也絕非刻意

內心深處 我不敢表露的話語浮現

因爲我知道還不是時候

或許 也極有可能 終其一生 我藏心裡

酒杯裡盛酒 入口了再陳舊

不知是成熟 還是不成熟 概括得承受

悲從中來 潦過胸膛

映入眼簾 酒成淚

滴下前 體會個幾回

不能說的寫成文字

無意給你翻著了 我老早就已走遠了

藏的細膩 又盼你發掘

你若無心 我著急若顯

來日方長 說不定 哪天

再見 再見

2018.6.11
藏身之處

匆促

年歲匆促 晃呀晃 我們一不小心也長大

沒有當時年少 沒有當時懵懂 也沒能至今如此呀

你我不都知道 時間就該珍惜 不是嗎？

歲月一把刀 剎那把你殺

殺的片甲不剩 淚流滿面啦

尋那拆了的老家 換過幾次居坊

照片已泛黃 還只鞦韆晃

來到這裡 無能爲力吧

能做什麼嗎 知道不知道 也無謂了

2018.6.4
藏身之處

臥底

週末夜裡 我難得清醒

拒絕了酒局 回到了家裡

熟悉的環境 慣性的步行

母親在沙發裡看電視中的喜劇

我應了一聲 媽 我先上樓去

樓梯間聽到客廳裡傳來的聲音

沒有刻意 也無關緊要就來臨

一切沒太不一樣 但怎麼著？

沐浴沖疲憊時回憶起

認識半年像演部電影

入戲了 我早揭曉了

該是你的就你的 給我的我不會多得

累就在於 知道了也要藏好

絕口不提 甚至一輩子

臥底

2018.6.11
藏身之處

娃娃在哭

外頭娃娃在哭 我在房裡聽見

聲音有些尖銳 刻意有些嘶吼

他驚動天地 我很淡定

哭泣裡不像是難過之音 吹到我耳邊的是那鬧脾氣

2019.11.15
藏身之處

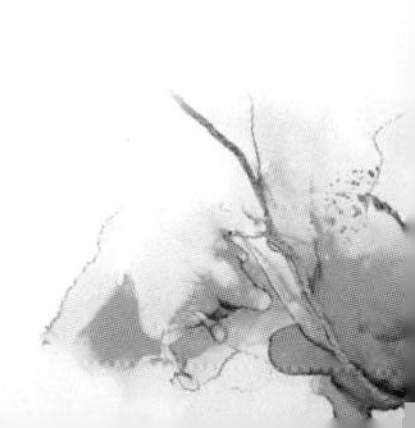

冷了

越來越冷了 書本冰冰的

逐漸入冬了 短衣打顫了

威士忌不用On the rocks 合適一杯Cognac

窗子不用打開了 被窩捆的更緊了

時間冷的放慢了 你睡的久了

天黑的早了 我的呼吸冒煙了

世界還是溫暖的 起碼南半球是夏天呢

2019.11.15
藏身之處

鄉城

那一個鄉村和老鎮 正在對我訴說什麼呢？

沿著熙來攘往的行道走著 想去瞧個明白呢

終於離開了 人煙逐漸稀少了

距離看似沒有隔閡 打扮卻顯得違和

怎也不像當地人

他開始嚷嚷著 多久沒回來了

這裡打拼的年輕人 都已出走了

留下的滄桑的務農人 做小買賣的生意人

在這年邁的城

2019.11.21
半開的窗簾旁

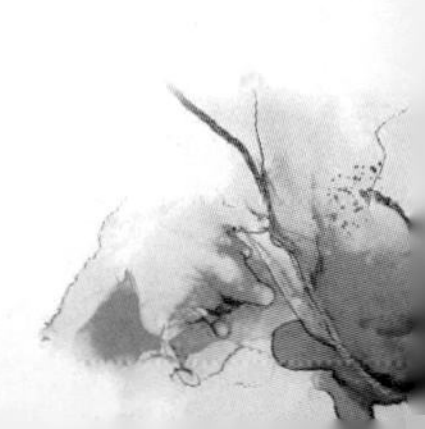

如果沒有保力達

如果沒有保力達 玻璃瓶不會和回憶同樣碎滿地
如果沒有保力達 校園旁的公園應該格外的寧靜
如果沒有保力達 工人就會沒有撐到明天的力氣
如果沒有保力達 失戀也許只能自己孤單看風景
如果沒有保力達 高中生打架沒有個給力的武器
如果沒有保力達……

2019.11.22
老地方

我喜歡在外面喝保力達，

順便來個有古早味的照片。

不做白日夢

人們總是在說 別想太多

你要我怎麼做

快樂和平凡 也許不是太難

可也不算簡單

一邊懶惰一邊跳脫 搞得衣衫不苟

快給我一把熨斗 還有矯捷身手

梳子理理頭 把事情給看透

不做白日夢

2019.11.22
一張辦公椅

啤酒

透過去的淡黃色 泡沫跳躍著

白色的 均勻的 細膩雲朵 漸漸消失著

不知是打哪來的麥子 被醞釀成溫柔的浪子

細細地滋滋叫著 聽久了還會醉呢

2019.11.27
東門市場

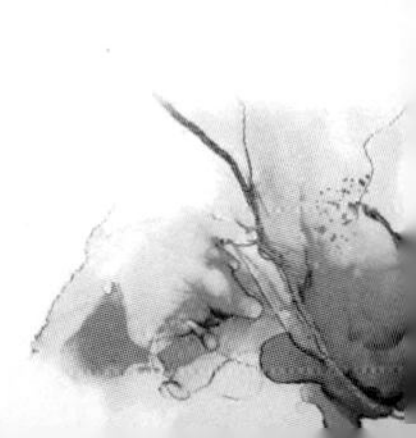

還在

我閉上眼
你從黑暗中走來

你微微笑
我們好久不見了

我看著你
你看著我不說話

你沒有變
頭髮還是白的

你的衣衫花花的
在你身上穿的很美

我們十四年不見
我知道也感覺到你還在

2019.12.15
東門市場

阿公下棋

到阿公家作客
拿了我倆久久沒下的象棋

把各自的兵營安頓整齊
我準備進攻打你

你跟十多年前一樣先把炮移到中間
我可要認眞小心

腦裏翻找智謀和勇氣
我要做到大膽和細膩

你出車 我進兵
其實陪你 不用管誰贏

2019.12.16
停電的房裡

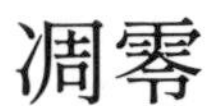

凋零

樹葉落了 花凋零了

再美的事物終將因無常結束

人也老了 身體腐敗了

自古無人能倖免於死亡而永生

一切都會結束 你帶不走一草一木

哪怕你再珍惜 一切終將逝去

2019.12.17
新竹巨城誠品

傷痕

無所事事的那天到來了
縱然我知道它只會是短暫的
感受到身體的疲倦 想想他也轉了很久沒停了
毒素在身上揮之不去 正如你
你讓我累 你讓我倦 我追求著健康和痊癒
但你早已烙印 不能覆蓋 不能斬斷
用些酒精來麻醉
有人說慢慢會好的
但其實好了 也有著傷痕

2020.3.5
藏身之處

睡前猶豫

聽見深夜裡下著雨

猶豫著是否拉開窗簾關心

還是應該洗個澡後倒頭就睡

不再持續讓那疲勞蔓延身體

不曉得等一下我會怎麼決定

是該在還清醒時休息 還是弄的筋疲力盡

深夜裡格外寧靜 能遠遠聽見一輛車輾過雨水的聲音

想想明天會是漫無目的 無所事事

也就只有自己先歇息了

2020.4.24
沙發上

擦肩巷口

距離並不遠
彼此都在熟悉的城市裡
經常來往的路是你家巷口
我不再像從前一般會轉進去
看你房間的燈是否亮著 只想知道你是否睡了
不管是在夜裡還是白晝 多少次的擦肩巷口
我告訴自己
我只是經過 經過我們曾走過的路
我只是看著 我們屈指可數的合照
我只是想念 不再打擾

2020.4.24
藏身之處

多了一點

今天醒過來 還是一樣的日子

同樣的鬧鈴 在同一個房間裡

只是突然發現 你那再也沒傳來的早安

就這樣度過了好些日子了

但每回我拿起手機滑過解鎖

拉開屏幕都還是希望是你那熟悉的語句與口氣

我沒有在等待 不過是回到你出現之前的日子

那個不用互相提醒 不用對誰晚安

不用期盼約會的日子

只是有你來過的回憶那樣眞實

像冰融入了水 表面看不見 水卻多了一點

2020.4.24
藏身之處

翻舊帳

以前愛提從前的是你

如今愛翻舊帳的是我

把曾寫給你的情書 讀了一遍又一遍

我斤斤計較每個枝微末節

我回味著過往我未曾細膩品嚐的溫柔

總是錯過 於是我翻找不休

在思念的夾縫裡 情書的字裡行間

尋你 尋覓

2020.4.25
藏身之處

桂圓紅棗茶

那一夜 你突如其來的出現
拿了你煮的桂圓紅棗茶
你只叫我喝了它
明明有你
我還嫌它不夠甜
你看看人就是得了便宜還賣乖
不過也好在它浸泡在我腦海
這回不再越沖越淡

2020.4.25
藏身之處

第二次見面

第二次見面 是在那間咖啡店
我先坐在外邊 咖啡讓你去點
含情脈脈 客套的聊著哲學
你忍了煙癮 不肯在我面前點
渴求多巴胺的渾身不自在
我們的心在悸動
彼此蠱惑
那是我們的第二次見面

2020.4.26
熟悉的角落裡

縫在靈魂

隔了一天身體還殘留些許的酒精

呼吸的氣息還有著酒氣

那是在思念裡徹夜買醉的甦醒

以爲幾杯黃湯下肚 能洗滌掉你

但你沾染的太深沉 不見斑剝褪色

你是情感裡的裁縫

編織了我的餘生

縫在我的靈魂一針又一針

2020.4.26
藏身之處

摺痕

揉過的紙會留有皺褶 愛過的你會藏有摺痕

輕輕的 溫柔的也不會平整

你我都一樣

愛過的證據也好 傷痕也罷

它不會管我們怎麼稱呼它

信我收起來了 只是偶爾摭拾

或許大多數的日子我能暫時忘記

但它不會消失 會一直記得

2020.4.26
熟悉的角落裡

無所不在

我閉上眼睛就能見到你

比起以前
如今的你更無所不在

不論你的明說或是暗示也好

原來我們仍舊彼此成長
只是用不同的方式

我們的陪伴不在依賴
而是曾存在

不枉愛過 燦爛如初

2020.4.27
藏身之處

轉折

好像回到如當兵般的日子 不是那麼刻苦

但生活就是重複又簡單著

也許是風雨過後帶來的寧靜吧

很理性的 也清楚知道自己並不年輕

遇見你時 我還有少許的青春可以揮霍

如今所剩無幾了

看著自己些許長進 卻仍舊留有更多的空間

也許自你離開後 我該真正就此轉折

2020.4.28
中繼站

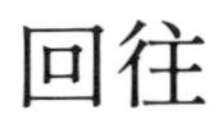

回往

乘著來往台北的客運

時間回到了你出現之前

那樣的熟悉 對於我曾經追逐過的夢

有所憧憬 有所感動

在你出現之後 我又回到了原點

同樣的夜晚 同樣的座位

同樣回往家裡的那班車

只是對你有些想念 感覺多年後我還會再回來

我也還能回味 體會你殘留的溫柔

2020.4.29
乘車座

雪茄紅酒

點了一支雪茄 開了一瓶紅酒
看似一種享受 卻是空洞
一種沒有你的生活
我追求靈感 想要思如泉湧
想要把你寫成最最動人的文字
我找不到詞彙能形容
也許那就是你的獨特
特別的令我啞口 令我沉默

2020.4.30
最愛的餐廳

夜景

望著家鄉的夜景

其實沒有想像中的美麗

但也就習慣了 這早已不是用來欣賞的地方

這是用來消愁的吧

面前就坐著兩個好友

我們聊過往 聊哲學

沒有聊你 但我想聊的是你

我不曉得能對誰說我對你的思念

因爲那是太深層的情感

我只能埋藏著 寫在這

2020.5.1
老夜景

輕輕地

我以爲放下你 得要用盡全力

沒想到卻是輕輕地

原來眞正的愛並非是在一起

或是並非得白頭偕老

我把你寫成詩句 我用更深邃的方式去愛你

緣盡仍留慈悲 願你不再受苦

願這樣子我們都更加快樂

我不去抓緊 你我便不會掙扎

2020.5.2
中繼站

琴聲

天漸熱了 意味著遇見你也要一年了

日子總是那樣的快

哪怕多麼的漫長和度日如年

都只是轉眼

想到我那依舊凌亂的房間

想到你 想到你的琴聲 你手顫抖的彈著

我欣賞著你 忘了那是什麼歌

記得的只是

只是那彈下去的瞬間 永恆

2020.5.2
中繼站

空閒午後

在一個空閒的午後 等著晚上要來臨的忙碌
想著休息一下 我也在想你
我猜想著也許你在家躺在床上耍廢

也許你正和醜八怪喝下午茶
也許你正和你現在稱他爲屁孩的愛人正約會

在這空閒的午後
我不會讓自己歇太久
我得振作 好好的過活

2020.5.2
中繼站

漸逝

風吹過 枝葉在動

梳理了四季

少了你 日子一樣得過的

不就是回到那最久以前我過的生活

只是我的青春漸逝

而你還年輕 還來不及明白我

或許幾年後我們再彼此回頭 方能感觸

2020.5.3
中繼站

闔眼

當我闔上最後一次眼 不再睜開

我回憶起種種往事

不少人一幕幕出現

我不能說話 什麼也做不了

我只能望著每一個人

對個幾眼後 便就此永別

你停留的比較久 我看著你

就像曾經那樣

感覺到我們彼此之間的遺憾

但我用內心最深處的愛 超越了

我在心中感謝有你來過

感謝你曾帶來的美好

那一刹那 時間不在

而你停留永恆

2020.5.4
藏身之處

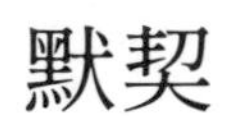

默契

在你飛往倫敦以前

我們的感情還是未知的

我會憂心我們是否會是戀人

而你則是畏懼因情感而讓自己越陷越深

但你知道嗎？

那段我們誰也不清楚接下來會發生什麼事的時光

我們是多麼的珍惜的

那樣簡單卻又深刻

你仍在要去世界各地的旅程

而我仍在用文字紀錄我們的情感

這也是我們的默契吧

2020.5.5
熟悉的角落裡

愛花

我認爲成熟的愛 就好像是愛一朵花

你喜歡它

但你不能伸手去摘 只能在一旁欣賞

大雨滂沱 你不會爲它打傘

那阻礙了它的接納

你也不會陪它淋雨

因爲你確實不能伴它於無時無刻

就是看著它 看它成長 也看它枯萎與凋零

就像看著你 看你快樂與痛苦

也看你離我而去

2020.5.5
中繼站

築巢流浪

我像是個老人
在公園的樹下乘涼
我感覺到樹正在生長
但我的肉眼看不見
我曾憧憬著所謂白頭偕老
平凡一生 幸福美滿
但我殊不知那是最極致的奢求
鳥兒築巢 戀人成家
而我流浪
動盪不安 擁抱混亂
而你悄然離開

2020.5.6
水車公園

邂逅

你坐在吧檯前

我弄了一杯酒

那是第一次的邂逅

我記得你那謎樣的雙眼

對著我 感覺欲言又止

我忙碌著其他的客人

那次我們幾乎沒有什麼多餘的對話

但你抓住了那緣分

一切從那開始

2020.5.7
藏身之處

老地方

看著自己幹了蠢事的痕跡
想也好笑

不知道你是否曾回來過
若有我想你會見到我那塗鴉吧

老地方
一樣沒什麼太大的改變

我有時候還是會一個人來
不論是白晝又或是黑夜

這麼多年來 這裡依然如此靜謐
適合喝酒 也適合沉思
適合回憶 適合偷偷想著你

2020.5.7
老地方

除了詩詞

我以爲我編輯著愛情

但或許它又可以稱作孤寂

因爲這都是沒有愛情存在的我寫下的

但又或者可以說 這也是一種愛情吧

這樣的愛情能概括的就多了

酒醉也是 細膩溫柔也是

藉著詩詞 情愛有了不同的出口

不是像寫一封信般交給你那樣草率

而是認認眞眞收斂

並且梳理每個當下和階段

我們成長 用文字灌溉

我們不再是我們

除了詩詞 我們眞的陌生了

2020.5.8
藏身之處

我的成功能否換得你的回來

一早醒來思緒凌亂

讓自己沉靜了二十四分鐘

突然覺得自己有好多的事可以做

只不過心有餘而力不足

因爲不想總庸碌的過完一生

所以在未來添加了很多的麻煩

還總想著 我的成功能否換得你的回來

如果不能 那我一切的努力又算什麼

也許就是這樣浮浮沉沉

要過這一生還眞不容易

早已沒有你

但也總不能因爲你而毀了餘生

我就這樣追求 我就這樣生活

或許曾有過的愛 就是極大的幸福吧

2020.5.8
中繼站

空窗

最近一直夢見你

想起我們上一次碰面也將近要半年了

我們早已各自展開過著各自的生活

但對你的思念還是甚多

我總嘗試著用哲學來度過我的人生

那樣子看起來如此瀟灑

但有時又覺得過往的回憶太美 讓我捨不得放

沒有感情的空窗 我的時間變得很慢

足夠到我能創作思念 再繼續我的生活

期待著下一段的到來

2020.5.9
熟悉的角落裡

回頭欣賞

曾留給你不少的文字
訊息一來一往之間
有著你的期待 還有我的情懷

有人總說人該向前看 但頻頻回首過往
又何嘗不是豐富的情感

只要不被拖泥帶水 不陷入深淵
我們就能生長 在這個世界
欣賞著萬事萬物 欣賞著過往

吹過的風 我們抓不住
但有些片刻會永遠停留
回頭看看我們
還是牽手那時刻

2020.5.9
中繼站

看你的消息

打開你的動態之前 我總是在想
這一次會不會又有會讓我想流淚的畫面

想知道你的消息 卻又怕自己傷心

我還是打開了 隔著屏幕望著你
我的心跳逐漸平緩

可能是因爲不知道更深的秘密
所以顯得平靜

這樣的掙扎我不知道還要過多久

那不是喝了幾杯酒 就能忘了的事情

只是我會憂愁
我會徹夜難眠

又只能在回憶裡

翻攪那過往曾經

2020.5.10
藏身之處

等著 那再也不復的日子

那一天我又在夜裡心碎

把啤酒灌了 ·瓶又一瓶後流眼淚

任由風吹 任由那一點飄著的細雨輕拍在我的臉

或許 路人看我像是醉漢又或是感覺瀟灑

那我不管 你已再不會回來

不管我怎麼喚 你不回來

不管我怎麼想 你也出現不了我眼前

我靜靜的 等著

那再也不復的日子

2020.5.11
藏身之處

疲累

疲倦的身體 酸痛的肩頸
在你離開的時候 好像感覺特別沉重

我喝了兩杯咖啡 想要清醒
腦袋卻告訴自己 我好累

可能是因爲過於思念
讓我心疲於奔命

在腦海裡不斷地追
卻也逐漸頹廢

好久沒有好好休息
也好久沒有你陪

2020.5.11
中繼站

你的追問

我坐在你也曾坐過的位置
放下了身子 閉上眼 開始感覺

你逐漸浮現 也很清楚
投射在這個房間

你傻傻地笑 像那天一樣
追問著我爲什麼又惹你生氣
我答不出來 想要著幽默
讓你哭笑不得

那時還沒想過
如今我們會走到這
只能靜靜地看著對方

2020.5.12
藏身之處

情歌

你唱的情歌 不時還在我耳邊徘徊

溫柔婉約也動人心弦

不曉得是不是唱給我聽的
但也繫上了我與這首歌的連結

我坐在熟悉的角落
把你錄的情歌放了一遍

我瞬間紅了眼 想起過去深愛的樣子

謝謝你留下的歌 此刻我曉得 雖然你走了
那美好的回憶將陪伴我一輩子

2020.5.13
熟悉的角落

彼此等待的過程才是最美的

世界很大 我會想到你走過的地方
看你曾看過的風景 但也因爲時光的關係
任何地方都有可能面目全非

而你應該也很懷念在倫敦和巴黎的日子吧
感受著那異國風情 卻也總想念著回去

那時我也盼著
或許在那彼此等待的過程才是最美的

讓我有時想念的不是你在身邊
而是你也思念著我的時候

2020.5.14
熟悉的角落

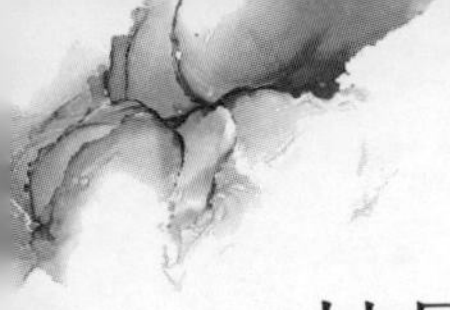

抽屜

你給的東西我都還留著
衣服 明信片 酒杯還有卡片

我收在抽屜裡 很少把它打開來了 那很美好
但也一定會讓我感到過去已逝

早在過去我已明白
任何我們珍惜的 都必將流逝
但真正體會過後 我還是會黯然的流淚

很多事情不是我們明白了 就能作爲一位旁觀者
輪到自己時 仍會翻攪進去

我還會再去打開抽屜
給自己空間 時間
讓自己深刻回憶

不知道是什麼時候

但我會在那時好好的想念

2020.5.14
中繼站

從九千多公里的倫敦來的明信片。

到今天都還是

一個難得的假日 我睡得昏沉 做了幾個白癡夢

醒來的第一個念頭是你不在

不曉得這樣思念的日子還會過多久才終止

還是就這樣一生

好想和你說說話 分享我此刻的心情

但我不能那麼自私

直到有人向我問起你

我才會坦白的說

我很想你 我也很愛你

到今天都還是

2020.5.15
藏身之處

遺憾是人生常態

遺憾是人生常態 這是我們彼此都明白的

我曾覺得我們能使盡全力讓它少

但殊不知這都是在掙扎
有得必有失
有珍惜也必將有遺憾

只是我們看待遺憾的方式變得成熟
任憑它穿透我們的靈魂
讓我們在生命中學會更加珍惜

2020.5.16
藏身之處

特別的人

我變了 不再喝拿鐵改喝了美式
還從熱的變成冰的

你呢 你還是喜歡喝焦糖瑪奇朵嗎？

我相信我們都有所轉變吧
只是可能我們彼此看不太到了

人生中總有個特別的人 存在一種特別的關係

不是戀人 不是陌生人
也不是朋友 又不歸於前任

而你就是那個人
特別的在我內心深深存在著

2020.5.16
熟悉的角落

位置

可能我會找時間去我們常去的便利商店
坐在我們曾坐過的位置吧

我想去感受過往
除此之外
可能還會期待你的出現吧

那一天可能就要到來
我有些許的緊張
好像刻意卻又是不經意的

那個我們曾早上 下午和夜晚一起坐過的位置
下次不是一起 是我一個
沒有等誰 只是也盼望著

2020.5.16
中繼站

很多事我得從頭學

才沒幾個月的時間 生命就歷經了很大的轉變
少了你的日子 我很多事得從頭學

我學怎麼療傷 學怎麼放下
這些我並沒有天賦 所以一路辛苦

從不看電影 到兩個人去看
到一個人去看 也就才幾個月的時間

才幾個月的情感
恐怕得花上好幾年的時間重新看待

2020.5.17
熟悉的角落

遇見你

我忐忑不安的走著 心想會遇見你嗎？

我有著強烈的感覺 在那茫茫人海
果真見著你了 你牽的已不是我了

你沒看見那卑微的我 我不敢佇立與凝視
我頭也不回地逃離

我沒有流淚 也沒有過度的傷心
我多喝了點酒 好像也就這樣了

好久沒見你 你仍是美麗
是緣分尚存 是我的直覺太準

我在想的是 再重寫我們的故事
我依舊會失去你

若我不再抓緊 或許我會比那時珍惜

2020.5.18
藏身之處

你的危險

這次你的離開 讓我沉澱了許多

或許也是因爲這樣讓我這些日子有了不少的成長

縱然我還在浮浮沉沉

還沒有什麼成就

但我也在想若我沉浸在你的甜蜜裡

或許我就不會這麼努力了吧

可見你多麼溫柔 又多麼危險

讓人著迷 還得保持清醒

2020.5.19
熟悉的角落

520

今天是520 不過和我過的不是你

而我也回顧了我去年的日記

那時才剛認識你

一轉眼我們距離是半年和疏遠

但好像又不那麼的有隔閡

今天一樣得努力 還是會持續的創作

畢竟我們都通往一條抽象的道路 更好

2020.5.20
熟悉的角落

暫時寂靜

好像不那麼容易痛心了 這就是適應吧

看著幸福的你 我好像少了點情緒

沒那所謂百感交集 一切都還好
而一切也都剛好

或許這樣的寂靜是暫時而已
可能要等喝醉了才又有波濤

但此刻還行

2020.5.21
熟悉的角落

我得抒情

經過了一個多月
我寫下的這些文字

充滿了許多的思念
我想它將彙集成冊 也不曉得能不能

就只是一直持續的寫著
每一篇都是認眞寫下的
也代表著寫下的時間都是屬於我們彼此的

我想是一切值得吧
而作爲一個總用文字表達的人
不論你懂不懂

我得寫 我得抒情
將自己的情感梳理

2020.5.21
中繼站

打傘的樣子

最近會一直下雨
下雨連想到的總會是你

曾和你說我喜歡你的名字
大雨越滂沱 我們的心越剔透

還記得我們的第一次約會
你開車來載我 那天也下著雨

我記得你開了車門 打傘的樣子
笑得又傻又開心

那天我都記得 不時還想著

2020.5.22
熟悉的角落

兩小無猜

其實我們都像個孩子
彼此在一起時都是那麼的幼稚
總是鬧著 也把喜怒哀樂全掛在臉上

我想這是難得的
在一個人面前眞實的表現像個孩子的自己
那需要很多的信任和依賴

我覺得你很可愛 而我也是
那樣兩小無猜

2020.5.23
熟悉的角落

感受世界感受你

午後豔陽高照 我喝著冰咖啡寫你

這是一個難得的假日休假日

我沒有計畫 就是流浪

感受世界 感受你不在身邊
只在我心裡

2020.5.25
藏身之處

智慧

對這個世界我逐漸有了更多的認識
心裡也踏實了許多 慢慢的走向更好

在我心中還是很感謝你
你的離開雖然很讓我心痛
但也讓我成長了許多

我們的分離也許是注定的
又或許是暫時的
都沒有關係

我們足夠智慧
彼此更好且活得燦爛

2020.5.26
熟悉的角落

一切都好

我感受到自己在走一條辛苦的路
但也不算是太艱難
大多時候只要按部就班

我還是有些渴望你
總是在想你若還在 那會是什麼樣？

不過現在也不差
獨自一人安靜了許多
也是我最習慣的相處模式

或許會改變 但一切都好
因爲你來過

2020.5.27
熟悉的角落

待會再去哪

今天又是一陣大雨
下了雨就讓我想起你

我會想著 若這時我騎著摩托車載你
肯定是淋的一身濕吧

我猜你不會怪我沒有汽車
而是和我一起嘻笑著

我們會前往早餐店的路上
又或是找個遮風擋雨的地方
停下來再想想 我們待會還要再去哪

2020.5.28
熟悉的角落

愛不總是甜的

閉上眼

你在我眼裡好笑的事浮現

那是一種可愛吧

單純的隨著情緒起伏就把喜怒哀樂寫在臉上

如同一個孩子 只是你更細膩溫柔

當我喝了酒 你還在身邊時

我總覺得驕傲光榮

因爲我同時享受了身而爲人渴望的美酒與女人

縱然我逐漸明白

愛不總是甜的

它也有些苦澀

我仍渴望著 因爲它有種韻味

總想讓人回味

2020.5.29
熟悉的角落

沖洗

不時的想知道你此刻的狀態
一點擔憂也有一點膽怯

我偶爾還在回憶裡翻攪著
像是在那混沌當中拖著泥濘行走
會掙扎也狼狽不堪

然後想要用酒來沖刷洗清
一杯不夠 常常就是十幾杯
把我灌醉的不是自己 是你

2020.5.30
不曉得在哪裡

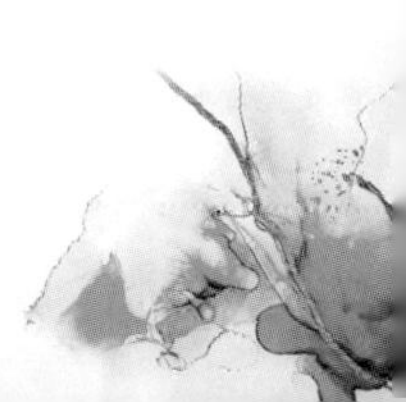

影子

醒來後還有些宿醉
這是昨日思念留下的影子

這樣黏著 這樣拖著
自己能聞到身上的酒氣
但也代表著部分是你的氣息

喘息呼吸 活著的證明
你走入我的生命 縱然人是離開了
但靈魂還停留在我心

2020.5.31
熟悉的角落

還會想你

認識你至今 差不多就是一年了

再一陣子你的生日也要到了

時間挺快的 是吧

想起你出國前

我們經常碰面 雖然沒有永別

但那時就想膩在一起

現在的我 還會想你

真的很想你 跟那時候一樣

2020.5.31
熟悉的角落

想你 沒變

天氣漸熱 我覺得生命逐漸有了轉折

我想你應該也是成長了不少吧

其實回頭看看自己這些日子所做的事

還挺不可思議的

一點一滴的改變

不過也有沒變的 好比想你

2020.6.1
熟悉的角落

再回小吃店

昨夜一個念頭
回去了那間小吃店

細數我們過往的回憶
曾經我們都愛著對方呢

那時候我們彼此都有好好珍惜
彼此都有互相努力

如今我們不在身邊
依然各自過好自己的生活

我想 偶爾我還會再回小吃店吧

2020.6.2
熟悉的角落

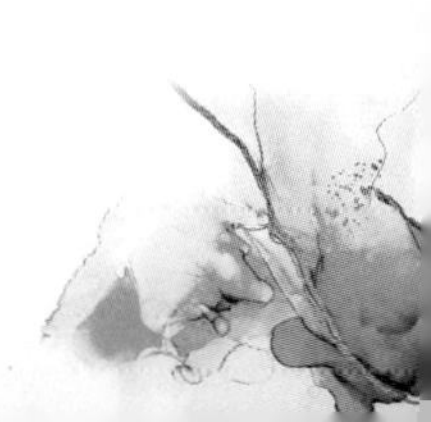

互道早安

今天自然醒個大早
習慣的就閱讀和運動
還有想到你

如果你還在的話
我應該會先傳聲早安給你
正如你過往每天也跟我道聲早安

我是自己一個人
而你不是了
不過我還習慣的來

只是持續用詩寫下思念

2020.6.3
熟悉的角落

眞誠的詩

時間過去了許多
但有時腦海還在停留
這能否算是一種永恆呢

我寫的詩
沒有那麼撕心裂肺
也可能沒有那麼的動人

就只是攪盡我腦汁所能攢出的文字
用我所有能表達的詞

或許並不美麗
但很眞實

如同我們的愛
並不完美
但彼此愛過眞誠

2020.6.3
中繼站

天空和海

你看 你最愛的天空和海

海平線劃分的很美

珊瑚 礁岩 螃蟹

和成群的小魚

讓人心曠神怡

你過去也想讓我體驗這些對吧？

你愛上時 我不在

我經歷時 你不在

我們僅有交織在腦海的美麗

沒有彼此映入眼簾相同的風景

2020.6.5
熟悉的角落

2020年初帶著我的第一本書環島，

途中和東部的海拍了一張。

爭吵

想起我們過去的爭吵
那時有著許多的不確定

很多的事情
也不曉得怎麼去處理

回過頭來看著那些傷
好像不那麼值得

不過也來不及
它已過去

因爲過往
如今我們也各自安好
只是偶爾一點憂傷

2020.6.6
熟悉的角落

無能實現

在歡樂的場所 笑聲喧鬧
彷彿這裡只有快樂

然而惆悵的是我
莫名的空洞

可能因爲想起你吧

我有時會偷偷想
我們成家
我們過著幸福快樂的日子
那是甜蜜的

但又想到現實
我無能實現
可能是如此才會感到傷悲

2020.6.6
中繼站

深夜探班

你搭上了車
在夜深來到隱藏在菜市場內的酒吧

應該吵雜的菜市場卻很寂靜
顯得格外的陰森和恐怖

關上的店家鐵門
彷彿會突然打開
將你捲走

但你很有勇氣
慢慢地尋找
裡頭那間還開著的酒吧

你看見了他

他也看見了你
彼此微笑 很開心

2020.6.8
藏身之處

深夜在東門市場裡拍下的，有兩隻貓。

畢業快樂

要到畢業的時刻了
曾經我想過

你的畢業典禮有我陪你
爲你獻上花

但誰知道呢
如今能做這事的不是我

我只能在心裡給你最深的祝福
我也只能在心裡把想對你說的話和自己訴說

謝謝你曾用青春陪伴過我
畢業快樂
祝你接下來的人生依舊快樂幸福

2020.6.9
藏身之處

餘溫

想起你曾在我忙碌和疲憊時的關心
那樣的簡單 卻如此幸福

不用愛的多麼轟轟烈烈 只是要真誠平凡

如今那份溫暖 還有餘溫

當我想起的時候

2020.6.10
藏身之處

愛哪有那麼容易放下

聽到有人說 放下都只是一個藉口

我想也許吧

就像你此時若張開懷抱
我肯定毫不猶豫的回頭

愛哪有那麼容易放下
甚至就如影隨形一輩子
只是放心裡

2020.6.11
藏身之處

炒泡麵

對於未來 我仍感到迷茫

我也會有點憂心

可能是狀態不好的原因吧

但我昨天吃了我最喜歡的路邊攤

炒泡麵 燙青菜和蛋花湯

味道一樣熟悉

一樣想到的都是你

2020.6.12
中繼站

我最喜歡吃的炒泡麵，是一家路邊攤，

常伴我的宵夜，忘不了的味道，

老闆和老闆娘都認識我，

感慨店已經收了，可能再也吃不到了。

有人和我提起你

有人和我提起你
我只能說你應該過的不錯吧

因爲我們沒有聯繫
只能從彼此的動態去猜

或許你看我也是過的不錯的吧

畢竟太多的心事沒有吐露

埋藏在心深處
還有寫成文字在這

2020.6.14
火車上

要滿一年

有時我會忘了
你年紀比我小了一點

可能是你成熟的想法和互動吧

昨夜看了我過去寫下的文字
在那小吃店
如今就要滿一年了
就在明天

你已離去很久 但它還存在

2020.6.15
藏身之處

轉變

我意識到我的生活將轉變
變得更加的理性
更加的智慧
這得靠我自己
也需要大量的沉澱

我習慣了寫詩給你
習慣了想你

我不敢說這不會改變
但逐漸的我要通往更好

而你也一樣吧

2020.6.16
藏身之處

適不適合

難免會想用一些新的感情來代替現在的自己
來找個依賴的人可以痛快哭訴

其實 我們也許是不適合的人
所以才走到這一步

但這之間的擁抱
彼此關心和生活

來往的每一封訊息我們都是認真的
也許不是每一刻都盡心盡力

但曾真的相愛
所以哪管適不適合

2020.6.17
藏身之處

害怕也行動

憂愁著自己的未來
這些擔心很正常
我想你也可能會有吧

那就一邊害怕一邊行動吧

我們好像也只能這樣
我們都怕 但我們都努力讓自己更好

不論發生什麼事
都能給我們在人生的某些時刻有所領悟和體驗

2020.6.17
中繼站

相遇太短 思念太長

相遇太短 思念太長

我在夜聽裡快要兩年了

早已成了習慣
不斷觸發自己的感性

難怪在談一段戀愛時
這麼富有情感

而對你

真的就是相遇太短
思念太長

2020.6.18
藏身之處

願你健康

你體弱多病
總希望你能健康一點

因爲你的痛苦我會心疼

但在照顧你的過程
我練習著溫柔體貼

陪你看醫生
買熱的給你喝

讓你靠在身上
幫你按摩

那時我會希望你能好起來
如果不行我都會陪著你

如今我依然希望你平安健康

但陪著你的不是我了

2020.6.19
藏身之處

你的回來

記得你回國的第一天
我們一個多月沒碰面

和你去吃了你最愛的麻辣火鍋
瞧你吃的挺開心
還一直說我很可憐

我還放了照片 你硬是要我把它換掉

我曾以為你的回來就不再離開

但無常還是來了
我們走著走著就散了

2020.6.20
中繼站

你還會是讀者嗎

情詩寫了兩個月了
沒想到竟是如此深刻

兩個多月來我不斷地變化
也不斷地想你

讀者 我的新書要出了
你還會是讀者嗎？

我沒說的 我沒談的
是你

我寫下了許多文字
哪怕看似與你無關的

都藏有一份想給你看的字裡行間

2020.6.22
藏身之處

星辰寂靜

望著夜空的星辰
我感覺到宇宙萬物的神奇與寂靜

想與你分享
也很想要你就在身旁

我喝著酒
吹著風

漸漸入睡
徜徉在大地

一切如此美好
哪怕一點遺憾
我也珍惜著

2020.6.23
藏身之處

溫暖冷漠

不曉得
在你眼裡我是溫暖的還是冷漠的

可能都有吧

但真正能認識我的
可惜不是我如何對你
而是我寫下了什麼文字

2020.6.24
藏身之處

彼此安放於回憶

去年的這個時候

我們很好

為著彼此著迷

我們總傳訊息聊到半夜不睡

如今

一年過去

人事已非

我們在不同的地方

就彼此安放於回憶

不再互相提起

2020.6.25
想帶你來的地方

喝的不夠

讀了很多的書
寫下了許多的文字

喝了很多的酒
這可能就是我面對人生的方式

若是我知道的不夠
是我讀的不夠多

要是寫不出東西
便是我經歷的不夠多

若是對一個人念念不忘
我想也可能是我喝的不夠

2020.6.26
藏身之處

感受你的燦爛

看了你的限時動態
知道此時的你
是如此幸福的

對我而言既是爲你開心
也爲自己感到遺憾和失落

雖然現在不如過去幾個月來那麼想念
但還是不時把你放在心上

輕輕地感受你的燦爛

2020.6.29
熟悉的角落

我沒有追

那天你一個人來
坐在了吧檯
你要了幾杯很濃的酒

你開始流淚
我感受到你的情緒

我沒有給你安慰
那是因爲我怕做錯
你也許也不曉得我的心很難受吧

我想 那時你一定是很愛我的吧
一定很心痛吧

不然怎會淚流滿面

你要離開時和我說 這是你最後一次來這

轉頭走了 我沒有追

也許 那次我應該去追的

2020.7.1
藏身之處

七日未寫情詩

七日未寫情詩
我感覺是休息也是調適

直到我又再次回到適合我寫作的崗位

對你的情愛還在
思念也還在

只是偶爾放放
別那麼趕
讓子彈飛一會兒

2020.7.8
熟悉的角落

喝過了頭

窗戶外頭鳥兒在叫
傳到我耳裡彷彿是快樂的

坐在沙發上
我準備迎接挑戰

只睡了三個小時依舊精神飽滿
我不知道爲什麼不累

可能就因爲喝過頭了的酒
借我的力量吧

2020.7.21
藏身之處

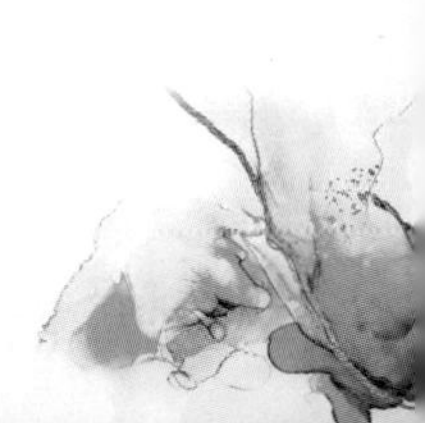

永遠不知道

我無力點開你的動態
可能是我怕自己會難過吧

這很矛盾
怕你太幸福

而我只能望著你回顧
那些我們曾經的美好

然後再想到你早已離開

在你心裡 可能我也早就平凡無奇
我們也不會有什麼交集 各自生活著

然後我們彼此
永遠不知道對方在想的是什麼
永遠也不知道

2020.7.21
中繼站

吃冰

最近喜歡吃點冰

特別是牛奶糖

夏威夷果或是巧克力脆片口味的很甜

容易讓人上癮

我不曉得多久以後會膩

但它冰冷柔順的滑過我的舌頭

綻放在我的唇齒

這滋味是如此享受

令人心曠神怡

忘卻煩惱

好像回到你我都還在一起

不曉得下次再吃冰

想的又會是什麼

2020.7.21
中繼站

迷失

這麼久沒寫了

坦白講我不曉得要不要繼續寫下去

因爲我的狀態不好

近來開始怨天尤人 憤世忌俗

連對你的想念我都不想認了

但這樣的自己很迷失

也很痛苦

我渴望的被人理解

卻又努力隱藏自己

我迷失了 迷失了

2020.8.4
藏身之處

無常

已經開始淡了吧

對你的感情

不那麼想你了

只是有些許的在乎和遺憾

一切都是那麼的無常

我不再是我

你不再是你

曾以爲不變的 都變了

2020.9.19
藏身之處

燙傷

音樂響起
想把柔順的話說得大聲一點

哪怕多麼粗曠
那才是眞實

這麼直接的表達
我細心地顧慮到你

當下的時空背景
凝結成我滴滴答答打在屏幕上的字

像雨滴一樣地墜落
像眼淚一樣地沖刷

過水的皺痕

是不是燙一燙就好了？

人生是不是也一樣 燙一燙？

2020.11.12
藏身之處

水泥牆的溫度

好奇在工業風的酒吧裡
這樣的水泥牆
會傳遞什麼樣的溫度呢？

是激情的
還是溫暖的

又或是和你一樣恰如其分的溫柔

霓虹燈 爵士樂
是你喜歡的風格嗎？

來到這
你想喝的是威士忌的調酒
還是酸甜的柯夢波丹？

我好奇 也期待

2020.12.1
工業風的酒吧裡

失意

失意的我 來點詩意

暈頭轉向 在我腦中的雜念

一首情歌 與你無關

盤根錯節
在穿梭幾個身影

什麼都來得很快
什麼也都走得很快

我沒有留些什麼
也無能留些什麼

2020.12.14
藏身之處

換個地方思念你

我望著酒牆

看著一樣的酒

我想

我只是換了一個地方喝酒

我又想

我只是換了一個地方思念你

很多事物會改變

卻仍然有那些許不變的

也許那些不變只是暫時的

但感覺起來很眞實

2020.12.15
陽台

紅與綠

今天是聖誕節

我們沒能一起過的節

我知道你不遠

甚至於我能聞到你的女人香

我能捕捉過去的時間點

我還能寫你

我想默默地和你說聖誕快樂

你也一定很快樂吧

紅與綠

暗自在心裡期盼有我和你

2020.12.25
藏身之處

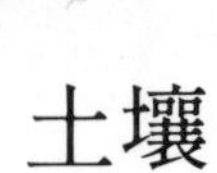

土壤

我在喝酒時想起你
是不是在期盼下一段感情

一段一段的情感和每個眞實的痛苦

酒 能了解嗎？

我 能抽離嗎？

深陷的無法自拔

被酒精灌溉的憔悴 枯萎

我在土壤裡哭泣
下一世別栽在這裡

2020.12.28
藏身之處

年尾

年尾了
整整一年沒有聯繫的日子要到來了

你那裡天氣好嗎？
而你還好嗎？

有的時候那麼簡單的關心
對彼此都那麼不容易

因此只能默默地
在手機屏幕背後
悄悄觀察對方的消息

會不會又下一年年尾
我們還是沒聯繫

2020.12.30
藏身之處

想念的影子

英文歌的旋律 是歡樂的交織

有天我要離開了 離開我會依依不捨的

或許有天我會回來 在很久以後

那時會有一樣的房子 只是人事已非

會有曾經我在偷偷想念你的影子

2020.12.30
中繼站

阿拉斯加

我在阿拉斯加 那是哪？

看見它的天旋地轉

溫度升高而滑下的淚珠

交融著倫敦琴酒

它很甜 又很濃烈

像你 只有冰能使你溫柔

2021.1.4
溫柔的枝椏

黑色的你

一身黑色的你

平鋪直敘的是我的文筆
駭浪驚濤的是道不盡的心情

酒喝了一杯半
你從腦海裡走了進來

黑色的洋裝
黑色的帽子
黑色的黑天鵝項鍊

見你
天是陰的

在心裡見
心裡就在下雨

2021.4.9
藏身之處

長醉不醒

我願長醉不醒
把心動藏起 葬在酒杯裡

不用醒過來
不用醒過來面對著 見不著你

酒讓思念成河
飲不盡的狂亂思緒
是大雨直擊

我淋在狂亂思緒的雨裡
流淌在酒釀的河裡 麻痺

釀吧 釀我的靈魂 寂靜
醉吧 醉我的思念 不醒

2021.4.12
吧檯裡

恍惚的我

聽滄桑的情歌
遊走在水煙的沉浸
沉寂在眷戀的酒精

不知的你
不知的在房間
是入睡還是失眠
夢裡還是在清醒

恐懼或安定
參雜著酒在杯裡

忽然想念
想念你
你那笑顏與眼淚

我記得很清晰
是失去才懂的情意

2021.5.20
藏身之處

在酒吧裡抽水煙，吞雲吐霧。

鎖住記憶

倉促的尋找我的樂章

不經意的遇見了你

望你的眼神

彷彿冥冥注定

教室裡的音符

你的自信

指按和弦的魅力

對應的是不知所措的我

亂了陣腳 亂了小鹿

幾分鐘的相遇

我心著了迷上了癮

離開後的腦中旋律 是你 是你

聽到音樂 耳朵裡 都你 都你

鎖緊我的記憶

2021.5.20
陽台

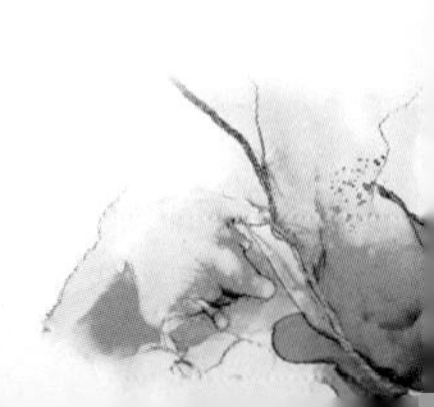

吉他

吉他這樂器
是感情的延遞

音律的穿透和感動
頻率振動 我心顫抖

音高領銜我
領我穿梭時空
開始懂那拆解的音符

拍子與和弦
初生之犢 畏畏縮縮

血液高速流動
著急地想快快結束

情慾卻想要我停留

都已那麼成熟

激情還想貪圖個永久

2021.5.20
陽台

我正在練習彈琴也練習怎麼談情。

歌聲

看著吧檯的酒牆
昏黃燈光
迷人的投影

穿透靈魂的歌聲
交織靈魂
奏響的和弦

隨意下筆的詩篇
回想過往
倉促的心跳

想點戒掉的香菸
點燃激情
彈指的灰飛

2021.5.22
藏身之處

日出

快來了日出
沒睡的一整夜
等著時間走過
盼著你的出現

快喝了這杯
想醉的一個人
念著餘生空洞
擦著我的眼淚

快死了愛情
敲打的爵士樂
飄著冷風凌冽
吹著刻的卑微

2021.5.22
藏身之處

彈指歲月

彈指在歲月之間

理想的道路 卻還好遠

奔波的生活 與夢想擦肩

遍尋不著 還帶點虧欠

人生是一本沒有答案的字典

懶得認真 而且翻起來還有點累

猶豫的喝個幾杯

空蕩的房間 聽著音樂

折磨的疲倦 誰同病相憐

浪費時間 是有點浪費

靈感是寫些不會寄出的信件

字裡行間 你讀起來還有點悲催

過了四分之一個世紀的人生

只是越過前半段 就活得老沉

滄桑的 想念著 往事並不如煙的時刻

過了四分之一個世紀的人生

只是踏過前半段 就踱步齟齬

嚮往的 存在著 感情事不明白的默認

2021.7.12
陽台

各自安好

邂逅在那昏暗的最初
故事會開始也會結束

大雨剛停情緒才湧起
淚在醉意的眼底落下

等待的 委屈的 過去了
你呀 我呀
絕望的 失落的 也都走過來了

一點一滴都在變化
從容坦然度過年華

找個堅強理由 跌倒不哭
期待你也放下 明媚如初

各自安好 學習沉默
再不打擾 活得灑脫

2021.7.14
藏身之處

紅茶與你

記得你曾說
你喜歡紅茶
甜的 不甜的 你都喜歡

忘了我沒說
我喜歡你
是我的 不是我的 我都喜歡

直到你離開了
直到我不等了
才能把未曾開口的
用字跡落下

人海裡 曾相遇
沒告別 就轉身
思念一場 不過淚流幾回

2021.7.20
陽台

山後

當你在穿山越嶺的另一邊
我在孤獨的路上沒有盡頭

當我在沒有盡頭的路上孤獨
你越過山丘才發現無人等候

有緣無分的一生都在錯過
只能遺憾讓歲月匆匆走過

一個在角落
一個在沉默

2021.7.26
陽台

我喜歡一個人

我喜歡一個人
一個人生活 一個人享受
一個人喝酒 一個人彈琴
一個人寫詩 一個人思念一個人

我還喜歡一個人
想一起生活 想一起感受
想一起談情 想一起作詞
想就什麼也不想的就想著一個人

愛不一定總是甜的
有時候還有些苦澀

如果是你
我願意品嚐這苦澀

喝我的酒

深深地將你藏在心底

只用筆墨寫你

2021.7.28
藏身之處

思念青春

我的痛淤泥在藏身之處
那不是沒有勇氣
只是我漂浮不定

你的笑徘徊在內心深處
那不是黃湯下肚
只是你沾染不去

我們出生的一九九四年
老家的隔壁還有稻田

十七八年後繁華了曠野
住小鎮的你溫柔婉約

騎機車的男孩還在重色輕友
除了愛你什麼都搞不太懂

你不曾屬於他 但他的青春有你

想念起來 思念到老 這樣也很好

2021.8.8
陽台

留點遺憾

我讀 我寫

讀你 寫你

留了一堆遺憾

但遺憾對你我而言也挺合適的

留點遺憾 讓我們更加成熟

留點遺憾 讓我們更懂什麼是愛

2021.8.15

陽台

炙熱餘生

好多的往事 走過心頭
蜂擁而至
毫無防備 措手不及地燒來

我瞬間燃起的心
澎湃 炙熱
撲不滅的大火 灼身

你是世界的最高溫
我抗拒不了
好愛好愛你的溫

哪怕你走後的餘溫
讓我餘生還有些許暖熱

2021.8.24
陽台

讀者心得分享

首先感謝作者信任讓我能搶先拜讀，還有機會能爲這個作品增磚添瓦；和作者的緣分是在一次的內觀修行，對作者的第一印象就是靜，好似一面平靜的湖水，當我們開始有接觸對話的時候，才發現他平靜之下的有趣靈魂，深度的思想、對傳播知識的熱忱、還有文字蘊藏的力量。

這次的作品是詩集，以情感爲主軸，對愛人、親人、也對自己的抒發，走進詩裡感受著文字帶來的感觸，對我來說就好像走入一段旅程，一首首詩、一句句詞，帶領我感受他的喜怒哀樂，與親人對弈，很喜歡那句「其實陪你，不用管誰贏」，其實還能陪伴左右就已經是贏家；一段感情開始時的忐忑，熱戀時的甜蜜到離別的無力，似曾相似的場景令我也隨著沉淪在其中，什麼時候從無話不說到無話可說，連簡單的問候都變得小心翼翼，夜裡輾轉的思念是那麼的深刻，回憶過去那些畫面是那樣的清晰，即使如此，我也只能想念，只剩思念，幸好還有時間能沖淡一切，學著成長，學著灑脫，把所的傷痛化作養分，滋養茁壯，傷口總會癒合的，雖然傷痕猶在，但它不會再痛。

在故事的最後，將所有的思念化作祝福，祝你接下來的路途美麗依舊，也祝我擁有更開闊的人生，祝你幸福。

另外推薦讀詩的時候的配歌，〈用情〉張信哲，〈鬼迷心竅〉李宗盛，〈不要告別〉齊秦版。

温奕筑

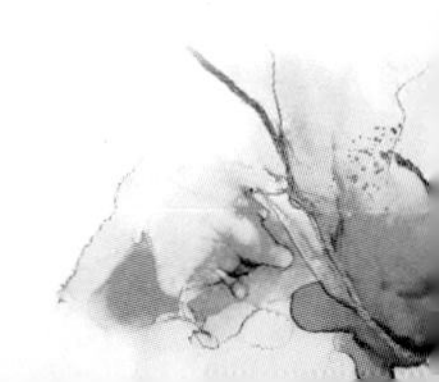

感受時讀了故事並沉浸在文字裡的時空。感受到愛隨著時間成了不同形式，堆疊到了更高的層次。那些過去回憶起來一定比當時還要美上一百倍吧。

近期我也走進了這樣的狀態，恢復單身時被帶進這個故事裡，一邊感受著那份也屬於自己的戲。

一切不曉得是純屬巧合還是命中注定。

珮妤

想到第一次見面在東門市場的酒吧。

當時還是個陌生人，幾杯黃湯下肚後，也慢慢有了話題沒想到之後就變成了朋友。

當時知道在我面前的調酒師也是一名作家時讓我覺得不可思議。

這次也很開心能參與這本書的校稿，在這本書中，令我印象深刻的一篇是〈多了一點〉，有種深入我心，好像國中時談的學生愛情，很有青春的味道，雖然分開了許久卻像是轉眼間的事，因為早已成了習慣。書裡這句「拉開屏幕都還是希望是你那熟悉的語句與口氣」是分開後的思念，帶入感很強烈，似乎每個人都有一段這樣的愛情阿，永遠停留在我們的內心深處。

呂科毅

細膩的字句，含蓄的表達，深藏在內心的情緒，透過一篇篇詩詞勾勒出一個人生的模樣。

每個人都是自己人生的主角，也會有各式適合自己留下足跡及回憶的方式，有人是透過攝影、有人是透過拍片、有人是透過寫劇本，有人是寫文章，而Jack則用詩詞傳達人生一路走來的惆悵、喜悅、珍惜、感悟，以及面對感情的不捨、掙扎。

讓我最印象深刻的詩是〈愛花〉，很好的詮釋了成熟的愛，你愛一個人，不該占有他，而是欣賞他；你不能總保護著他，而是支持他去闖蕩；你不能無時無刻黏著他，而是靜靜地做好你該做的，在不能看見時，默默地思念他。

不論愛情或是親情皆是同樣的。身爲一個妻子和一個孩子的母親，時常都能有這樣的體會，特別是在面對一個一歲的孩子，他正在探索這個世界，若你總是害怕他受傷，不准他摸、抓、走、爬，你是愛他，但你剝奪了他應有的學習經驗，那這樣的愛究竟是愛還是傷害呢?

Jack的詩詞很平易近人，讓人不禁聯想到自己的人生經驗，陪伴在側，使人再三回味。

小饅頭媽媽香榆

從一個逞兇鬥狠的少年蛻變成一個斜槓青年，甚至出一本情詩集，即使年少輕狂也遮掩不住皮囊底下的心思細膩。

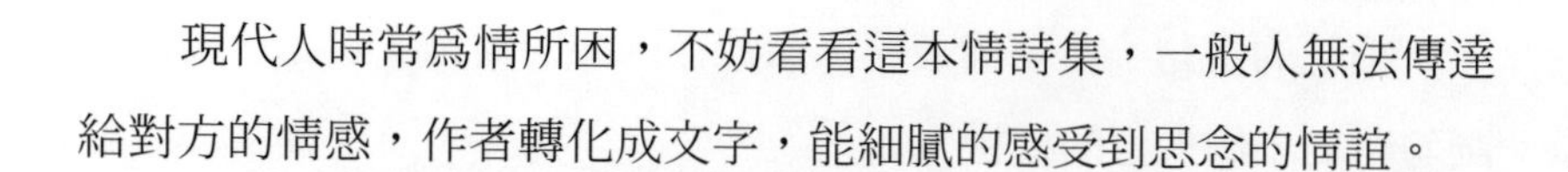

現代人時常爲情所困，不妨看看這本情詩集，一般人無法傳達給對方的情感，作者轉化成文字，能細膩的感受到思念的情誼。

離別時的難過加上思念到慢慢不再想念，對於剛分手不久的我，閱讀的同時也感同身受。

徐鈴琇

國家圖書館出版品預行編目資料

藏思：在藏身之處思念你，將沒說出口的話語，
藏於詩裡／林保華 著. --初版.--新竹縣竹北市：
思考致勝，2022.2
面； 公分.
ISBN 978-986-97563-2-7（平裝）
863.51 110019905

藏思
在藏身之處思念你，將沒說出口的話語，藏於詩裡

作　　者　林保華
校　　對　林保華、温弈筑、呂科毅、徐鈴琇、珮妤
發 行 人　林保華
出　　版　思考致勝
設計編印　白象文化事業有限公司
專案主編：陳逸儒　經紀人：徐錦淳
經銷代理　白象文化事業有限公司
412台中市大里區科技路1號8樓之2（台中軟體園區）
出版專線：（04）2496-5995　傳真：（04）2496-9901
401台中市東區和平街228巷44號（經銷部）
購書專線：（04）2220-8589　傳真：（04）2220-8505
印　　刷　基盛印刷工場
初版一刷　2022年2月
定　　價　250元